노력
없이
행복하고 걱정
없이
살아갈 것

최대호 에세이

samhoETM

| 차례

| 프롤로그

위로 | 하루의 끝에서 나에게 보내는 위로

관계 | 너와 나의 이야기

사랑 | 사랑하는 당신께

나 | 나에게 보내는 편지

누군가에게 행복은 너무 어려운 일인데, 또 누군가에게는 행복이 꽤 쉬운 일입니다. 여유롭고 성공한 사람에게만 행복이 쉽게 느껴지는 건 아닐 겁니다. 그건 '행복의 문턱' 차이라고 생각해요. 행복이 어려운 사람은 그 문턱의 높이가 높을 겁니다. 분명히 좋은 일인데 문턱을 넘지 못해서 행복해지지 못합니다. 그런데 그 높이는 본인 스스로가 정한 것이거든요. 이제는 그 높이를 낮춰주세요. 주변에서 매일 일어나는 작은 일들에 이제는 행복이라고 느껴도 됩니다.

저는 행복을 쉽게 느끼는 사람입니다. 그게 제 장점 중의 하나인 것 같아요. 그 이유가 뭘까 생각해 봤는데 저는 작은 일도 행복이라고 쉽게 이름 붙여주기 때문이라는 결론이 나왔습니다. 바쁜 것도 행복하고, 좋은 날씨도 행복하고, 이렇게 글을 쓸 수 있는 것도 행복하고, 읽어주시는 것도 행복합니다. 세상 내 마음대로 되는 것 하나 없지만 내 행복은 내 마음대로 정해도 됩니다. 오늘 하루에 찾아온 선물이기 때문입니다.

책 제목에서 느껴지듯이 제가 가장 말씀드리고 싶은 건 '평온함'입니다. 마음이 더할 나위 없이 편한 상태가 독자님께 자주 찾아왔으면 좋겠습니다. 치열하게 싸워내서 행복해지는 것도 좋지만 노력 없이도 기쁨이 가득하고, 그런 시간이 쌓여서 걱정 하나 없이 살아가신다면 바랄 게 없겠습니다.

이 책이 독자님의 행복의 문턱을 낮게 만들어 주는 좋은 이야기가 되었으면 좋겠습니다.

2023년 5월

최대호

Chapter

1

위로

하루의 끝에서
나에게 보내는 위로

Playlist

by mintday

Tears

괜찮아요

To you

소중한 사람

따뜻한 위로

당신이 가는 모든 길이

반드시 꽃길은 아닐지라도

오랫동안 걷고 싶을 만큼 편안하고

고개를 어느 쪽으로 돌려도

주변이 모두 예쁜 길이면

더 바랄 게 없겠어요.

어떤 오늘

오늘 행복했나요?

지루하고 힘들기만 했다면
'오늘'을 그저 '내일'을 준비하는 시간으로만
여기고 있을지 몰라요.

지금은 참고 넘기는 시간이 아닌
소중한 기억을 만드는 시간입니다.

오늘은 내일을 위해 존재하지 않아요.
오늘에는 오늘의 행복이 있습니다.

특별한 사람

불안한 생각이 찾아올 때 사람이라면
누구나 흔들릴 수 있습니다.

하지만 그 불안함에
모든 게 무너져서는 안 됩니다.

객관적으로 받아들이는 게 중요합니다.
부족한 부분은 채우고,
잘하고 있는 부분은 계속 잘해 나가세요.

안 되는 건 그럴 수도 있다고
생각하는 마음도 도움이 됩니다.

지나치게 마음이 흔들려
긴 시간 아무것도 할 수 없었다 해도
당신 잘못이 아닙니다.

흔들릴 수 있습니다.
누구나 그런 날이 있습니다.

그 흔들림은 훗날 겪을 어려운 일들을
이기게 하는 힘이 될 것이고,

당신을 더 단단하게 만들어줄 것입니다.
당신은 분명 이겨낼 수 있는 사람입니다.

당신은 특별한 사람이니까.

근거

좋은 생각을 하는 건 쉬운 일이 아니에요.
힘들 때는 더더욱 그렇죠.

기분이 좋았던 순간을 떠올려 보세요.
그런 날은 어떤 '근거'가 있는 날인 경우가 많아요.

칭찬을 들었거나,
좋은 결과를 얻었거나,
가능성을 확인했던 순간들이요.

안타까운 건 그런 근거는
매일 생기지 않는다는 거예요.

그래서 이걸 꼭 말해주고 싶어요.

'사람'도 근거가 될 수 있다는 것을요.

매번 표현하지는 못해도
당신이 잘되기를
누구보다 바라는 '내 사람'이 있다는 것을요.

마음에 힘이 떨어질 때면
'내 사람'을 떠올려 주기를 바라요.

무너지지 않게 도와주고,
일어설 수 있게 잡아줄 거니까.
사람만큼 큰 힘이 되는 것도 없어요.

지치기 전에 꼭 '내 사람'을 생각해 주세요.

진짜 위로를 하는 세 가지 방법

첫 번째는 '경청'입니다. 위로는 상대방의 이야기를 잘 듣는 것에서 시작합니다. 말을 끊거나 관심을 기울여 주지 않으면 진짜 위로를 할 수 없습니다. 그 사람의 이야기가 빨리 끝나기만을 기다리며 다른 이야기를 하고 싶은 마음이라면 진심이 나올 수 없기 때문입니다.

경청은 위로의 기본입니다. 위로가 아닌 대화가 필요한 날이라면 누가 듣고 누가 말하느냐는 중요하지 않습니다. 그러나 상대방에게 특히 위로가 필요한 날에는 상대가 이야기를 꺼내놓을 수 있게 도와주어야 합니다.

힘들었거나 복잡한 마음을 하나씩 들려주면 그 사람의 눈을 보고 잘 들어주는 것부터 시작되어야 합니다.

두 번째는 '공감'입니다. 상대방의 이야기를 내 일처럼 생각하는 것입니다. 그 사람의 이야기를 듣고 반사적으로 '괜찮아. 잘될 거야.'라고 말하는 것은 위로가 아닙니다.

상대방의 입장이 되어보고 얼마나 고민을 했을지 깊게 생각한 뒤에, 진심이 담긴 말을 건네면 됩니다. 마음을 다해 공감해 주는 것은 굉장한 위로입니다.

덧붙이자면 그것만으로도 최고의 위로가 됩니다.

해결책을 내어주면 더할 나위 없이 좋겠지만, 당장 바꿀 수 없는 일일 수도 있습니다. 가장 중요한 것은 표현 방식입니다. '이렇게 하면 되지 않아? 왜 못 하고 있어?'라는 말은 가장 피해야 합니다. 자신의 상황이나 성향만 생각하고 말을 건네는 것은 도움이 아니라 피해만 됩니다. 당장은 상대방을 이해하기 어렵더라도 경청하고, 공감해 주는 것만으로도 상대방은 당신이 자신의 편이라고 느껴지고 이야기를 꺼낸 것이 잘한 일이라고 느낄 것입니다.

세 번째는 '환기'입니다. 그 사람의 기분이 전환되도록 도와주는 것입니다. 경청과 위로만으로도 충분하지만 정말 아끼는 사람이라면 세 번째 방법을 통해 마음의 위안뿐 아니라 하루의 기분을 바꿔줄 수 있습니다. 상대방이 좋아하는 음식을 같이 먹으러 가는 것도 방법입니다. 걱정하는 것보다는 괜찮을 거라고, 잘 이겨낼 수 있을 거라고 힘을 줄 수도 있습니다. 같이 시간을 보내면서 그 사람의 마음이 편안해지도록 도와주면 됩니다.

어려운 상황에 있는 사람들은 시야가 좁아집니다. 갇힌

시야를 넓혀주는 것만으로도 마음은 크게 움직입니다. '이 정도로 걱정할 게 아니었구나.'라는 마음이 들 것입니다. 복잡한 일은 혼자 있을수록 더 복잡해집니다. 가벼운 즐거움을 만날 수 있도록 도와주세요.

기분 전환은 혼자 하면 어렵지만 같이 한다면 그렇게 어려운 일이 아닙니다.

위의 세 가지를 기억해 주세요.

위로를 건넬 때는

내 마음이 아파야 합니다.

내 마음은 편하면서

말로만 하는 것은 가짜입니다.

진심 없이 건네는 '괜찮아'는

상대방을 더욱

혼란스럽고 힘들게 만듭니다.

진짜 위로는

무책임하지 않습니다.

좋은 쪽

우리가 잠시 헤매는 건
방황이 아니라
산책이라고 말하고 싶어.

우리가 잠시 멈춘 건
포기가 아니라
휴식이라고 말하고 싶어.

안 좋게 생각하면 끝도 없고
좋게 생각하면 별거 아니야.

좋은 쪽으로 생각해 보자.
지금부터 그런 자세로 살아보자.

내 손

인생이 쉽지 않대.
바로 다가올 내일도 어떨지
우리는 모르잖아.

앞이 안보인대.
내가 맞는 길을 가고 있는 건지,
잘하고 있는 건지.

주변에 아무리 조언을 구해도
하루하루 기분이 다르고

어떤 날은 해보고 싶다가도
어떤 날은 너무 아프기만 해.

그래도 살아봐.
그래도 해봐.

해보고 또 다시 해보고
스스로 만족하는 날이 올 때까지 해보자.

정말 포기하고 싶을 때는
내 손 잡아.
내가 같이 가줄게.

피어나는 시기

너만 뒤처지는 것 같다고
안 좋은 쪽으로 생각하지 마.
다 각자의 시기가 있어.

옆에서 아무리 좋은 걸 줘도
내가 싫으면,
내가 내키지 않으면
그건 어떻게 할 수가 없는 거야.

어릴 때부터 앞서 나가는 친구가 있지.
그 친구도 가다보면 넘어질 수 있는 거야.

빠른 속도로 가다 넘어지면
일어서기가 훨씬 더 어려워.
어쩌면 그 친구가 계속 앞설 수도 있는 거고.

우리가 가진 능력은 다 달라.
그 차이를 질투할 것이 아니라 인정해야만 해.

'나는 왜 저 사람만큼 못할까?'라는 생각은
너를 작아지게만 할 뿐
아무런 도움이 안 돼.

분명 너만이 할 수 있는 것이 있어.

잘하고 있는 부분은
지금처럼 유지하겠다는 마음,

조금 부족한 부분은
노력으로 채우겠다는 마음만 있으면 돼.

네가 빛나게 될 그 '시기'는 분명히 올 거야.

꽃밭에 핀 수많은 꽃들 중에
조금 늦게 피었다고 해서
꽃이 아니라고 말하지는 않아.

너도 활짝 피어날 때를 기다리고 있는 거지.
너의 시기를 기다리고 기대할게.

슬픈 일

차라리 도망쳐.
차라리 다시 시작해.
차라리 아예 다른 걸 해봐.

상황 탓만 하면서
아무 것도 하지 않는 게
가장 슬픈 일이야.

해결되지도,
도움 되지도 않는
가장 슬픈 일.

어영부영

너무 힘들면
어영부영 살아도 괜찮아.
어영부영이 뭐 어때서.

흐르는 대로
몸과 마음을 맡기고
시간을 보냈다는 뜻인걸.

괜찮아.
어떻게 늘 성장만 하면서 살겠어.

지쳤으니까 그런 거지.
그동안 열심히 달려왔잖아.

어영부영,
살면서 그런 시간도 필요해.

말해줘

힘들면 힘들다고 말해줘.

계획한 대로 잘 되지 않고
혼자 방황하고 있는 것 같고
답답하고 오랫동안 마음이 안 좋을 때,

누군가에게 털어놓지 못하고
혼자 이겨내려고 한다면
아픔의 시간은 더 길고 어둡단 말이야.

주변 사람들이 떠날까 봐
듣는 사람들이 지칠까 봐
참고 있다면 그러지 말아줘.

곁에 있는 사람들은
모두 네 편이고 널 잘 알거든.

쉽게 하는 말이 아니라,
참을 만큼 참다가 도저히 안 돼서
힘듦을 털어놓는 걸 다 알아.

나는
버티라고 말하지 않을게.
힘내라고 말하지 않을게.

너를
알아주고 안아줄게.
이렇게만 있어줄게.

그럼에도

걱정이 만든
바람에 흔들리지 말기를.

불안이 불러온
파도에 휩쓸리지 말기를.

조급함이 파낸
구덩이에 빠지지 말기를.

그럼에도 불구하고,
앞으로 나아갈
단단한 마음이 생기기를.

절대 스스로
부족하다고 생각하지 마.

사람이 장점도 있으면
단점도 있는거지.

장점만 많은 사람도 없고
단점만 많은 사람도 없어.

누군가는 너의 매력을
미워할 포인트로 보기도 하고,
네가 가진 능력을 낮게
평가하는 것뿐이야.

말 기억

산을 오르는 두 사람이 있었어.
멋진 단풍도 보고, 운동도 했지.
소중한 시간이었어.

그런데 한 사람은 '힘들었지만 좋다.'라고 얘기했고
다른 사람은 '좋았지만 힘들다.'라고 말했어.

이렇게 말을 입 밖으로 내면
말대로 기억이 남겨져.

같은 상황을 겪었어도
누구에게는 좋은 기억이 되고
누구에게는 힘든 기억으로 남는 거지.

말은 그 사람의 성격대로 나오게 돼.
그래서 말하기 전에 생각이 필요하지.
생각하지 않고 말하면 감정이 앞서서
부정적으로 말할 가능성이 크니까.

어떻게 말하고
어떻게 남기느냐에 따라 삶이 달라져.

힘들었던 기억보다
좋은 기억이 많았으면 좋겠어.

'힘들었지만 정말 좋았어.'라고
말할 수 있는 네가 되면 좋겠어.

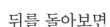

뒤를 돌아보면

진짜 그런 게 있다?

준비하던 일이 엎어지고
바라던 곳에 합격하지 못하고
아끼던 사람과 멀어지기도 하고

이렇게 나에게 아팠던 일들이
이제 와서 보니 참 잘 됐던 거구나, 라고
생각할 날이 온다는 거.

뒤를 돌아보면 실패라고 생각했던 일이
천만다행이라고 생각될 기회였다는 거.

그 아쉬움은 너에게 행운이었던 거고
그래서 지금 이렇게 행복할 수 있는 거니까.

어떤 일이 생기더라도
너무 아파하지 않아도 돼.

나중에 뒤돌아봐도 아쉬움이 생길 일들은
감사하게도 이루어질 거야.

지금의 너를 봐.
없어도 괜찮은 것들만 사라졌고
꼭 있어야 하는 것들은 잘 지키고 있잖아.

두고

아쉬움 없는 사람이 있나요.

아쉬웠던 건 거기에 두고
좋았던 것만 가지고 갑시다.

아쉬움은 과거로 두자고요.
좋았던 것들은 현재 진행형으로.

그렇게
가벼운 발걸음으로 살아갑시다.

비움

비워내겠다는 생각을 자주 하지만
돌아보면 또 가득 차있다.

그래도 괜찮다.
비워내고야 말겠다는 마음이
자리 잡았다는 것은
곧 편안함이 시작된다는 말과 같다.

새 시작

새로운 시작을 하기에
늦은 나이도 없고
늦은 타이밍도 없다.

지난날을 돌아보면서
'왜 그때 하지 않았을까?'라는
생각만 하지 않는다면

모든 시기가
모든 계절이
시작하기에 좋은 날일 것이다.

이미 지나간 날은
돌이킬 수 없지만

시작하지 못했던,
망설이느라 놓쳐버렸던,
당신의 꿈은 잡을 기회가 아직 남아있다.

후회하는 마음,
두려움에 모른 척했던 순간,
부러움에 눈물 흘렸던 시간들은

지금부터 시작하는 당신을
강하게 만드는 경험으로 남는다.

곧 행복

매년 새로운 해가 시작되면
왠지 모를 기대감과 설렘은
좋은 일들을 많이 가져다준다.

나이도 한 살 더 먹었고
새로운 시작을 해야 하기에
그만큼 많은 걱정과
책임감이 생기기 마련이다.

기쁨과 걱정이 공존하는 상황에서
힘들어하며 잠시 멈추었던 날들이 있었다.

지금 생각해 보면
그렇게 걱정할 일도 아니었는데.

어려운 일을 겪었어도,
완벽하게 해결하지 못했어도
오늘의 나는 이렇게 행복할 수 있는데
왜 그렇게 불안해했나 하는 생각이 든다.

많은 날을 지나왔지만
더 많은 날들이 남아있다.

더 잘 되는 것도 좋고
더 바쁘게 사는 것도 좋지만
결국 어떤 것이 나의 마음에
편안함을 주는지 생각하자.

편안함이 곧 행복이니까.

10분 거리

우리 집에서 10분 거리에
좋아하는 카페가 있어.

커피를 마시러 가는 길에
'가서 뭐 마실까?'
'가서 뭘 읽을까?'
라는 생각을 자주 해.

그 순간만큼은
발걸음이 가볍고, 너무 행복해.

그러니까 하루에 한 번은
편안한 마음이 들도록
조금은 행복해질 수 있도록

10분 거리 안에 있는
좋아하는 것을 만들어보자.

그럼 힘들고 지친 삶에
조금은 위로가 될 거야.

훨씬

걱정 많을 때 가장 필요한 건
맛있는 걸 배부르게 먹고
두 발 뻗고 편히 잠드는 거야.

그렇게 시간을 보내고 나면
모든 게 훨씬 나아 보일 거니까.

지금 걱정하는 만큼은
절대로 아닐 거니까.

잘 자.

걱정하지 마.

내일은 괜찮을 거야.

오늘보다 나을 거야.

분명히 행복할 거야.

Chapter

2

관계

너와 나의 이야기

Playlist

by mintday

추억 속으로

추억은 흘러가고

White Love

혼자 걷는 길

작은 소원

가족에게 친구에게

고마운 게 많다고

그래서 많이 좋아한다고

나의 깊은 곳 진심을 표현하는 건

부끄러운 게 아니에요.

그렇게 좋은 마음을 가지고 있는데도

전하지 못하는 게 부끄러운 거지.

정원

왜 꼭 대단해야 해요?
왜 꼭 비교해야 해요?
왜 꼭 지칠 때까지 해야 해요?
왜 돈이 기준이 돼야 할까요?

그러지 않아도 돼요.
우리는 서로의 비교 대상이 아니에요.
누가 더 자신의 정원을
자신의 방향대로 잘 가꿔가느냐가
중요한 일이거든요.

우리는 각자의 삶을 살고 있고,
그 누구와도 경쟁할 필요가 없어요.
자신의 삶이 특별하고 멋지다는 걸
하루라도 빨리 알았으면 좋겠어요.

세 가지

소중하면 아껴주세요.
좋아하면 잘해주세요.
사랑하면 표현하세요.

이 세 가지만 잘해도
눈물 흘릴 일 없고
서로가 멀어질 일이 없어집니다.

아끼는 사람과의 관계에
위기가 오는 가장 큰 이유는
이 당연한 세 가지를
지키지 못했기 때문이에요.

매일 이 세 가지를

잊지 말고 꼭 지키며

진실된 마음을 보여준다면

시간이 갈수록 단단해지고

평온한 관계가 될 수밖에 없어요.

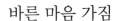

바른 마음 가짐

많은 사람들과의 관계 속에서
마음을 주기도 하고
물질적으로 베풀기도 했을 거예요.

하지만 어떤 것이든 내가 준 것에 대해
상대의 보답을 기대하면 안 돼요.

내가 얻는 것이라곤
주면서 느끼게 되는,
줄 수 있어서 좋은 순수한 기쁨이어야 해요.

보답을 기대하는 순간부터
순수하게 마음에서 우러나오는 것이 아니게 되니까요.

돌아오는 것에 대한 생각이 시작되면
내 기대치만큼 받지 못했을 때의
실망과 서운함이 관계를 틀어지게 만들어요.

단순히 좋아하는 사람이니까 준 것이고
스스로 뿌듯함을 느끼는 것에서 끝내세요.
이것이 가장 바른 마음가짐이에요.

성장하는 일

오해가 쌓여 멀어진 사람이 있다면
해결하는 방법은 한 가지뿐이다.

내가 먼저 용기를 내는 것.
다가가서 꺼내기 어려운 그 이야기를
대화를 통해 나누는 것이다.

이런 용기에도 불구하고 관계가
전처럼 회복되지 않을 수도 있다.

그것은 누구의 잘못 때문도 아니고,
진심이 부족해서도 아니라,
사람과 사람 사이에서 자연스러운 일이다.

전처럼 돌아갈 수 없다고 해도
너무 아쉬워하지 말자.
당신은 어려운 용기를 냄으로써
전보다 몇 배 성장했고
앞으로 만날 수많은 사람들과의 관계에서
현명한 마음가짐을 가질 수 있을 테니까.

받아들일 것은 받아들여야 한다.
충분히 노력했다면 말이다.

배경음악

 언제 마지막으로 만났는지도 모를 친구에게서 갑자기 전화가 왔다. 무슨 일인가 하고 놀라서 전화를 받았다. 그 친구는 요즘 힘든 시기를 보내고 있다고 했다. 친구의 동생이 힘내라고 글을 캡처해서 보내줬는데, 글씨를 보니 나였던 거다. 동생에게 "대호 얘, 내 친구야."라고 말했다고 한다.

 최근 친구는 생각이 너무 복잡해서 유튜브를 보거나 잠을 많이 잔다고 했다. 그러던 와중에 나의 글을 읽었고, 큰 힘이 되었다고 말해주었다. 많은 이야기를 나눈 통화였다. 책 출간을 축하한다는 이야기와 좋은 글에 고맙다는 내용이었다.

 민망했지만, 솔직히 좋았다. 나에게 큰 위로였다. 나를 직접 아는 사람에게 이런 이야기는 많이 듣지 못하는데

새삼 고마운 시간이었다.

 주변 사람 모두가 나에게 좋은 말만 해주지는 않는다. 나의 글을 읽고 "그게 글이냐? 낙서지."라고 말한 사람도 있고, "애들이 끄적거린 책."이라고 표현한 사람도 있다. 참 아프다. 아픈 것보다 더 큰 문제는 혼란스러워진다는 것이다. 누구는 이렇게 말하고 누구는 저렇게 말하고, 무엇이 정답인지 알 수 없어진다. 뭐가 맞는 건지 모르면 위축되고 작아진다.

 정답을 좇기보다 '내 편'인 사람들의 의견을 따라가려고 한다. 내가 잘못된 행동을 하는 게 아니라면 때로는 귀를 닫고, 눈을 감고, 마음이 이끌리는 곳으로 갈 줄도 알아야 한다. 당신도 그랬으면 좋겠다.

아무리 유명한 요리사라고 해도 모두의 입맛에 맞출 수 없듯이 우리도 모두를 만족시킬 수는 없다. 아끼는 사람들에게 한없이 친절하고, 해야 할 일 앞에서 최선을 다하면 된다.

그것만 잘하면 되는 거다.

고집 세다는 소리를 들으면 어떻고,
이기적이라는 말을 들으면 좀 어떤가.

나를 잘 모르는 사람들이 떠드는 소리는
그저 배경음악일 뿐이다.

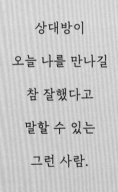

상대방이

오늘 나를 만나길

참 잘했다고

말할 수 있는

그런 사람.

자랑에 속지 말아라

쏟아지는 기사와 SNS를 보다 보면 괜히 작아지는 기분이 들 때가 있다. 대단한 성공을 한 사람들, 어린 나이에 큰 업적을 이룬 사람들 그리고 화려하고 자유로운 삶을 보여주는 게시물이 우리를 그렇게 만든다. 그런 자극적인 정보에 동기부여를 얻는다면 다행이지만, 여과 없이 쏟아지는 무게에 버티지 못하는 걸 비정상이라 말할 수는 없겠다.

이런 상황에 놓인 우리가 가질 태도는 속지 않는 것이다. 사람은 모두 같다. 편한 옷을 입고 집밥을 먹고, 가족들을 만나고 일상을 나누는 것은 게시하지 않는다. 모두가 겪는 보통의 날이기에 굳이 드러내지 않는다. 기사나

SNS 게시물은 어떤 사람의 가장 빛나는 일부의 '면'만 보여주는 것이다. 하나의 '면'이라고 말하기 어려울 수도 있다. '작은 조각'이라고 표현해도 맞다. 흔히 일어나지 않는 순간이기에 기록하고 남겨야 했던, 누구에게나 자주 오지 않는 시간이었을 것이다. 그렇기에 SNS 게시물에 마음이 부정적인 쪽으로 흐르도록 지금의 나와 비교하는 일은 하지 않아도 된다.

나의 대학 친구 중에는 스무 살 때부터 운동을 꾸준히 해서 완벽한 몸을 가진 친구가 있다. 그렇게 멋진 몸을 가졌건만 SNS나 프로필 사진에 몸 사진을 올려두는 일을 본 적이 없다. 조금은 부러운 마음을 담아 왜 SNS에

업로드하지 않는지 물어본 적이 있다. 그 친구는 남들이 다 알고 있고 자신도 특별하다고 생각하지 않기에 굳이 올리지 않는다고 했다.

이 짧은 답변에 생각이 정리되었다. 그게 그 친구의 일상이기 때문이었다. 수년간 가꿔왔고, 취미를 넘어 습관이 되었기에 드러내고 보여줄 필요를 못 느껴서 그렇다.

갑자기 운동 사진이나 보디 프로필을 게시하고 공유하는 사람을 탓하는 게 아니다. 그 사람이 그러는 이유는 삶에서 처음이기 때문에, 그래서 설레고 새롭기 때문에 더 많이 보여주고 싶은 마음이 시키는 일이다.

매일을 특별하게 보내는 사람은 거의 없다. 사람들은 99개의 흔한 돌과 1개의 보석을 가지고 있는데 우리는 수많은 사람들의 보석만 보게 된다.

자랑에 속지 말자. 속속들이 볼 수 없는 이면에는 화려하지 않아서 남에게 보여주지 않는 노력들이 숨어 있다.

더 이상 부러워하거나 작아질 게 아니라 일상에서 최선의 노력을 하고 가끔 찾아오는 빛나는 순간들을 잘 잡아내고, 더 자주 만들어 낼 노력이면 된다.

오해하는 사람

"내 마음대로 살 거야."라는 말을
부정적인 의미로만 받아들이는 사람들이 있다.

그들에게는 막 살거나
대충 산다는 뜻으로 들리는 것 같다.

내가 좋아하는 것을 후회 없이 하고,
내 기준의 행복을 찾아나가고,
지금 일에 만족하며 살 거라는 뜻인데
왜 자꾸 대충 산다고 오해를 할까.

친구

좋은 말을 해주는 친구가 되고 싶다.

무책임한 칭찬을 해주는 사람이 아니라
상황이 아무리 안 좋다고 해도
그중에 가장 희망적인 부분을 찾아서
힘이 되는 말을 건넬 수 있는 친구.

상대방이
오늘 나를 만나길 참 잘했다고
말할 수 있는 그런 사람.

좋은 관계를 유지하는 법

1. 강요하지 않기

타인과 좋은 관계를 유지하는 것과 남에게 미움받지 않으려고 전전긍긍하는 것은 다르다.

'좋은 관계'는 상대방을 이해하는 일에서부터 시작한다. 생각이 다르다고 해서 매번 문제 삼고 사람을 피한다면 당신이 만날 수 있는 사람은 없을 것이다.

최근 모르는 사람이 없을 정도인 MBTI는 사람을 열여섯 가지 유형으로 나누지만, 각 사람을 세세하게 들여다보면 모두 성격이 다르다. 한 사람도 상황에 따라 여러 가지 성격을 보이고 절대 하지 않을 선택을 하기도 한다. 실제 상황이 생기면 평소 말하던 것과 다른 성격이 나오기도 하기에 한 사람만 해도 수십 가지의 성향이 있다. 당신이 아무리 좋다고 생각하는 것도 남에게는 그렇지 않게 느껴질 수 있다. 각자의 다름이 그 이유이다. 하면 좋은 것, 절대 하지 말아야 할 것들도 강요해서는 안 된다. 내가 이렇게 해보니 좋았다고 경험에 빗대어 들려주는 정도로 족하다. 좋은 책을 읽었다면 책을 선물해주면 된다. 그 책을 읽었냐고 확인하는 일은 강요이다. 내가 아끼는 사람에게 좋은 것을 보여주고 경험을 공유할 수 있도록 이야기해주는 것까지가 도움이다.

아무리 아쉬움이 커도 강요하지 말자. 보고 싶다고 억지로 끌어내는 일, 잘 되게 하고 싶어서 채찍질하는 일은 관계의 단절을 불러온다.

2. 좋은 감정만 드러내기

나쁜 감정은 전염이 쉽다. 마음에 힘듦이 있어서 내 사람에게 털어놓고 위로를 받는 일은 꼭 필요한 일이지만 그것과 결이 다른 상황이 있다.

순간의 감정에 휘둘려 짜증이나 욕설, 부정적인 이야기를 뱉어내는 일은 내 앞에 있는 사람의 마음을 망치는 일이다. 이건 상대방을 위해서만은 아니고 나 자신을 위한 일이기도 하다.

어쩔 수 없는 일에 너무 큰 마음을 쓰면 지금 중요한 것을 놓치게 된다. 이루지 못한 일에 대해 자신을 오래 탓하면 새로운 시작을 하지 못하게 된다. 자신의 감정을 다스릴 줄 아는 것이 중요하다. 마음을 평온하게 만들고 주변 사람에게도 좋은 기운을 전할 수 있기 때문이다.

나쁜 감정을 누르고 좋은 감정을 드러내는 일은 결코 쉽지 않다. 계속해서 생각하고 실천하며 습관으로 만들어야 한다.

누구는 평생을 보내도 이런 태도를 가지지 못하기도 한다. 당신이 이런 사람이거나 이와 같은 사람이 곁에 있는 것은 축복이다. 이처럼 어려운 능력을 가졌다면 이미 좋은 사람일 것이다. 당신에게 좋은 향이 있으면 좋은 사람들이 모여드는 것은 그렇게 어렵지 않은 일이 된다.

3. 남 이야기보다는 우리 이야기 하기

지금은 나와 멀어진 지인이 있다. 그 사람과 오랜 시간 알고 지냈는데 처음에는 매력이 있는 사람이었다. 그래서 자주 만나곤 했는데 만날 때마다 나의 주변 사람들 이야기를 물어보고 자신이 아는 사람의 이야기만 하는 시간이 길어졌다.

 나는 지금 만난 사람과 나의 이야기를 하고 싶은데 우리 이야기를 하는 시간은 점점 줄어들었다. 그러다가 아예 남 이야기만 하며 시간을 보내게 됐고, 나는 그와의 만남에 시간이 아깝다는 생각이 들기 시작했다. 궁금하지도 않은 이야기만 듣게 되었고 자꾸 주변 사람들의 이야기를 캐물으니 그 사람이 없는 자리에서 내가 이렇다저렇다 말하는게 거부감이 느껴졌기 때문이다.

 남 이야기를 한다는 것 자체가 좋은 일이 아니다. 다른 사람의 이야기를 한다는 것은 좋은 이야기든 나쁜 이야기든 이야기의 주인공의 동의를 얻은 일이 아니기에 조심할 필요가 있다. 대화가 끊기는 것을 너무 두려워하지 않아도 된다. 잠시 대화가 없어도 함께 시간을 보내는 것 자체에 더 큰 의미가 있다.

 좋은 관계를 유지하기 위해 이 세 가지를 항상 기억하자. 이 글을 읽는 당신의 방법이 투박하더라도 솔직하게 상대방을 대하는 자세가 필요하다.

 사람마다 속도는 다르겠지만 당신의 진심을 알게 된다면 상대방도 마음을 열고 솔직한 애정을 드러내줄 것이며 그때부터 진정한 관계가 시작될 것이다.

차이

예를 들어볼게. 아주 어렵게 가게 된 여행이 있어. 네가 계획한 모든 관광지를 가고, 알아놓은 맛집도 식사 때에 맞춰서 모두 갈 수 있다면 완벽한 여행이 되겠지만 여러 변수 때문에 그렇게 못했다면 슬픈 일일까? 완벽하지 못했기에 아쉬워해야 할까?

관점을 바꿔보는 거야. '여행을 간 일 자체가 행복이고, 이 바쁜 와중에 쉼표 하나가 생긴 게 이미 완벽하다.'라고.

꼭 여행이 아니라 삶에서도 그래. 매번 완벽해야 한다는 마음으로 전전긍긍하면 더 안 되더라. 오히려 예민해지기만 해.

'여기까지 온 게 어디야. 안 되면 어때, 또 하면 되지.'라
고 생각해 봐. 이런 마음가짐이 최선을 다하지 않는 게
아니거든.

여유를 가져보라는 거야. 똑같은 준비를 했는데 누구는
안 되고 누구는 됐다면 그건 아마도 '여유'의 차이일 거
야.

여유가 없으면 쫓겨.
쫓기는 사람은 중요한 걸 놓치게 돼.

어떤 사람

나는 사람을 좋아해서
내 것을 많이 베풀곤 했다.

내가 준 만큼 받고 싶은 것도 아니었고,
어떤 기대감에 그런 것도 아니었다.

작은 성의에도 나는 기뻐했을 텐데
아니, 아무것도 주지 않아도
나는 정말 괜찮았을 텐데
누군가는 되려 상처를 주곤 했다.

몇몇 나쁜 사람들 때문에
좋은 사람들까지 무서워진 게 아프다.

행복을

어렵게 생각할 것도 없다.

내가 행복이라고 이름 붙이면

정말 그렇게 되니까 말이다.

프라 비다

코스타리카 말로 '안녕'을 '프라 비다'라고 한다. 우리
말로 의역하면 '행복한 인생'이라는 뜻이다. 우연히 TV
를 보다가 프라 비다를 알게 됐는데 내심 부러운 마음이
생겼다. 하루에도 몇 번씩 하는 '안녕'이라는 인사가 '행
복한 인생'이라는 뜻이라니.

주변 사람들에게 행복한 인생에 대해 말한다면 누구는
생각해본 적도 없고 또 누구는 깊은 고민에 빠질 것이다.
우리는 그만큼 어려운 것이라고 여기는데 코스타리카
사람들은 인생의 행복이 뭔지, 자신의 행복이 어떤 건지
잘 알고 있고, 그것을 자주 누릴 줄 아는 태도가 정말 높

게 살 만한 가치관이라고 생각한다. 왜 코스타리카의 행복 지수가 높은지 저 인사 하나로 알게 되었다. 나라의 경제력 순위로 행복 순위가 정해지지 않듯, 행복의 가장 첫 번째 요소는 마음가짐이라고 다시 한번 느끼게 되었다.

'행복'이라는 단어 자체가 좋다. 보기만 해도, 읽기만 해도 작은 행복이 다가오는 느낌이다.

단어만 봐도 그런데 내 주변에 있는 사람들에게서 매일 '행복한 인생 사세요.'라는 말을 들으면 없던 행복도 생길 것 같다.

현실적으로 '안녕' 대신에 사용할 수는 없지만 마음 속으로 나 자신에게 그리고 내 사람들에게 행복을 자주 말해주자.

행복을 어렵게 생각할 것도 없다.
내가 행복이라고 이름 붙이면
정말 그렇게 되니까 말이다.

수많은 것

'큰일 날 것 같은 것'
'망한 것 같은 것'
'되돌릴 수 없을 것 같은 것'

이런 수많은 '같은 것'들에 속지 말고

진짜 큰일 났거나 망했거나
되돌릴 수 없을 때만 에너지를 써.

나머지는 아무것도 아니니까
그런 생각들은 무시하고 살아가자고.

비웃음

  주변 사람 중에 대기업을 박차고 나와서 자신만의 브랜드를 만들어가는 사람이 있다. 다른 사람들 앞에서 강의하는 걸 좋아했던 그 사람은 회사 교육팀에 들어가게 됐는데 자신이 생각하는 일이 아니라서 고민을 오래 했었다. 하지만 모든 사람들은 말했다. 일은 원래 그런 거라고. 어렵게 들어갔으니 그냥 다니라고. 그럴 때마다 동의하는 것처럼 보였지만 역시 자신만의 생각이 있던 사람이었다.

  예상대로 그는 회사를 그만두고 하루에 열 시간 이상 영상 제작과 페이지 관리에 매달렸다. 외주를 맡겨도 봤지만 마음에 들지 않고 꼭 직접 해야 직성이 풀리는 성격 탓에 처음부터 끝까지, 안 되면 될 때까지 시도하며 시간을 보냈다. 지금은 자기 이름을 걸고 기업체과 협업도 하고 10만 명이 넘는 구독자와 소통하는 사람이 되었다. 흔히 말해 성공했다. 그 사람 앞에서는 티 내지 않았겠지만 '되겠어?'라고 비웃으며 터무니없다고 생각한 사람이 많았을 것이다.

큰 꿈은 아무나 꿀 수 없고 아무나 시도할 수도 없다. 보통의 사람들은 누군가가 그런 꿈을 꾸는 것만 가지고도 현실적이지 않다는 말을 하며 깎아내린다. 그러다 여정을 시작하게 되면 그가 어쩌면 그 큰 목표를 이뤄버릴까 봐, 현재에만 머무르는 나 자신과 비교되는 마음에 불안함을 느끼기도 한다.

우리는 삶이 바뀔 만한 목표를 가지는 것을 두려워하게 끔 학습되어 있다. 그걸 따라가다 보면 단지 주변의 시 선 때문에 정작 당신이 할 수 있었던 것을 놓치게 되는 결과를 낳는다.

이제는 그럴 필요가 없다.
당신을 비웃는 사람이 많다는 것은 당신이 그만큼 큰 목표를 세울 줄 아는 사람이라는 말이니까.

그렇게 대단한 꿈을 꾸고 실행으로 옮기려고 생각한 당 신은 그곳에 닿을 자격과 실력이 있다는 말이니까.

해결법

사람과 사람이 만나면서 문제가 없을 수는 없다. 아무런 다툼도 없는 사이를 유지하는 일은 불가능하다. 다툼을 만들지 않게 노력하는 것이 첫 번째이지만 그보다 중요한 것은 문제를 해결하는 방법에 있다. 상대방에게 아쉬움이 없고 더 이상 관계를 유지하지 않아도 된다면 노력하지 않아도 된다. 하지만 내가 아끼는 사람에게 맞춰가는 것도 각자의 성장을 위해 필요한 일이다. 현명한 대처는 평생을 함께할 사람을 얻는 계기도 된다.

가장 먼저 해야 할 일은 '경청'이다. 나로서는 도저히 이해가 되지 않는 일도 받아들이는 사람에 따라 다르기 때문에 먼저 상대방의 속마음을 이끌어내어야 한다.

이야기를 들어보고 '이렇게 느끼는구나, 저렇게 생각하는구나.' 파악하고 공감하는 게 중요하다. 성격에 따라 바로 이야기하며 푸는 사람도 있지만 속으로 꾹 참고 넘어가는 사람도 있으니 말할 수 있는 기회를 주어야 한다.

경청은 그 사람의 말이 다 끝날 때까지 기다리는 것이다. 겨우 속사정을 이야기하는데 중간에 내 의견을 낸다든가 말을 끊고 이해가 안 된다고 말한다면 문제를 해결할 수 없다. 경청을 단절하는 순간부터 대화는 싸움이 되고 한 번 생긴 상처는 아물 수는 있어도 없던 일이 되지 못한다.

다음은 당신의 이야기를 할 시간이다.

솔직하게 말하되 가장 중요한 건 어조이다.

언성을 높인다거나 비꼬는 투로 말한다면 그건 대화가 아니다. 어떤 이야기도 부드럽게 말한다면 상대방의 귀에 들어간다.

명령하거나 강요하는 말투라면 그건 말이 아니라 폭력이다. 당장의 해결을 위해서, 아니면 기분을 맞춰주기 위해서 솔직하게 당신의 마음을 전달하지 않으면 다음 번 문제가 생기는 원인이 되기에 있는 그대로 전달하면 좋겠다.

솔직하지 못한 것은 일종의 거짓말일 수 있다. 상대방과 당신은 신뢰를 바탕으로 만들어진 사이이다. 아무리 작은 것이라도 속인다면 큰 믿음을 줬더라도 물거품이 된다. 서로를 속이지 않는 것은 필요 조건이 아니라 필수 조건이다.

마지막은 마음의 보폭을 맞추는 일이다. 경청하고 나서 나의 입장을 잘 이야기했다면 그 순간에는 그걸로 된 거다. 조용히 혼자 있을 수 있는 시간이 상대방을 이해할 수 있는 단계가 된다.

어떤 말을 들었을 때 반사적으로 나오는 말이 있다면 그건 진심이 나오는 것이 아니라 성격이 나오는 것이다. 곰곰이 처음부터 생각해보면 당신이 몰랐던 그 사람의 면을 찾게 된다.

속마음을 들어보지 않는다면 몇 년이 지나도 절대 알아차릴 수 없는, 아무에게나 보여주지 않는 그런 내면을 만날 수 없을 것이다. 다툼을 통해 속상함이 생길 수는 있지만 현명한 해결법이 동반된다면 관계는 더욱 돈독

해진다.

 한쪽이 계속 참기만 해서 문제가 없는 사이보다 솔직한 마음들을 드러내고 서로를 더 깊게 이해하면서 앞으로 같은 문제를 반복하지 않는 편이 훨씬 건강하다.

 누군가와 삶을 공유하는 일에 자존심은 필요 없다.
 쓸데없는 자존심을 지키기보다 내가 아끼는 사람을 지키는 것이 훨씬 중요하기에.

절대

절대 스스로 부족하다고 생각하지 마.

사람이 장점도 있으면
단점도 있는 거야.

장점만 많은 사람도 없고
단점만 많은 사람도 없어.

누군가는 너의 매력을
사랑스럽게 보지만,
다른 누군가는 너의 매력을
미워할 포인트로 보기도 하는 것뿐이야.

누군가는 너의 능력을
높게 평가하기도 하지만,
다른 누군가는 너의 능력을
낮게 평가하는 것뿐이야.

매력을 단점으로 보고
능력을 무시하는 사람의 이야기에
귀 기울일 필요 없어.

믿는 사람

잘 될 거라고 생각하는 사람만 잘 된다.

안 될 거라고 생각하는 사람은 분명 안 될 것이다.

긍정적인 접근만이 좋은 결과를 만들고
올바른 생각은 행복을 가져다준다.

처한 상황에 상관없이
앞으로 도움 되는 생각만 하자.
그런 마음가짐은 배신하지 않는다.

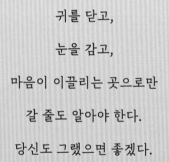

귀를 닫고,

눈을 감고,

마음이 이끌리는 곳으로만

갈 줄도 알아야 한다.

당신도 그랬으면 좋겠다.

Chapter

3

사랑

사랑하는 당신께

Playlist

by mintday

그날 밤 벚꽃나무 아래에서

벚꽃 길의 기억

네가 생각나는 밤

언제나 네 곁에

네 곁에 항상

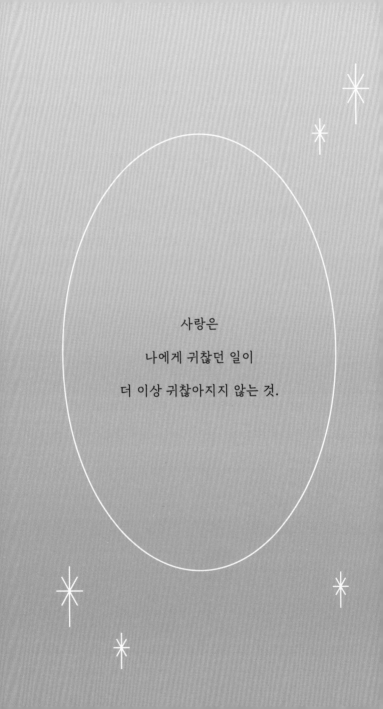

사랑은

나에게 귀찮던 일이

더 이상 귀찮아지지 않는 것.

긴 시간

진짜 좋은 사람은
내가 없으면 못 사는 사람이 아니라

자기 일 잘하고
미래에 대한 계획이 있고
일과 사랑을 분리할 줄 아는 사람입니다.

꼭 해야 될 일을 제치고
나를 만나러 오는 것이
당장은 좋을 수 있지만

이러한 방식은
긴 시간 행복하게 살기 위해서
갖춰야 할 기본 요소들을
망가트리게 될 것입니다.

예쁘고 좋은

좋은 사람과 있으면
예쁜 마음이 생기고

예쁜 마음이 있으면
좋은 일들이 생겨요.

예쁜 말

말을 예쁘게 하는 사람이 좋은 이유는

말하는 것처럼
마음씨도 예쁠 것 같아서.

말하는 것처럼
나에게 예쁜 날들을 만들어줄 것 같아서.

그리고 한결같이 나를
예뻐해줄 것 같아서.

그 사람이 가진 마음속 예쁨이
말로 나오는 것 같아서.

자국

사과를 크게 한입 물었더니
고르지 않은 잇자국이 남았다.

예쁘게 고칠 수도,
고칠 필요도 없는 잇자국이
지나간 사랑과 닮아서
삼키기 어려워졌다.

못 자

넌 나의 불면증이다.

설레서 못 자고
연락하느라 못 자고
보고 싶어서 못 잤는데

이젠 그리워서 못 자.
이젠 후회돼서 못 자.

둘

혼자 밥을 먹어보고야 알았지.
혼자 하루를 보내보고야 알았지.

혼자가 돼보니까 알았지.
둘이 얼마나 감사한 것인지.

너와 함께였던 날이 당연한 것이 아니라
나에게는 가장
빛나는 순간이었음을.

내일 보자는,

이따 통화하자는,

다음 주에 놀러 가자는

이 쉼표들이

마침표로 바뀌어보니 이제 알았지.

너 같은 사람은

너밖에 없다는 걸.

내가 사랑하던

생각해보면 내 아픔의 이유는
가장 사랑하던 것들에서 시작됐다.

무언가를 사랑하지 않는 일이
마음 가득 주는 대상을 만들지 않는 일이
오히려 옳은 일일까 생각한 날도 있었다.

돌이켜보면 우리가 행복할 때는
사랑을 주고 사랑을 받는 순간들이고

내 모든 걸 줄 수 있는 그 어떤 것은
바라보고만 살아도 너무 좋을 뿐이다.

그러니 우리가 해야 할 일은
사랑을 시작하지 않는 것이 아니라
사랑할 수 있을 때 더욱 사랑하는 것이다.

고마워서 고마워

항상 아침마다 연락해주고
점심에 밥 먹었는지 물어봐주고

헤어질 땐 집까지 바래다주고
밤에 잘 자라고 전화해 주는 것.

그 사람은 당신을 위해
매일 정성을 쏟고 있어요.

고맙다는 마음을 가지는 것도

충분히 예쁜 마음이지만

마음을 넘어서 말로 꼭 전해주세요.

생각날 때마다 고맙다고 말해주세요.

그 사람,

당신을 위해 많이 노력하고 있거든요.

애정의 뜻

'애정'을 풀어서 말하면
'굳이 하는 일'이다.

바빠도 연락을 남기고,
식사했는지 물어봐주고,
재밌는 영상을 보내주고,
잠들기 전 목소리 듣는 것.

이렇게 주변에 맴돌면서
굳이 행복을 주는 게 '애정'이다.

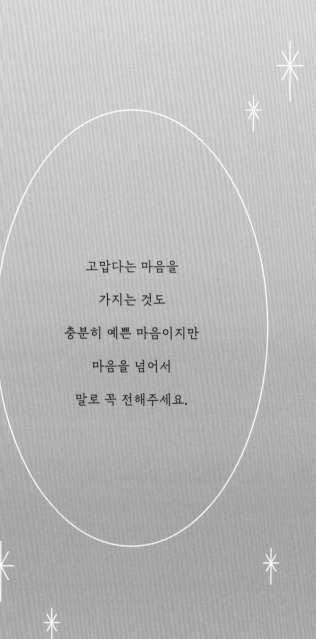

고맙다는 마음을

가지는 것도

충분히 예쁜 마음이지만

마음을 넘어서

말로 꼭 전해주세요.

누구와 사랑을 해야 할까

'누구를 사랑해야 할까?'
'어떤 사람과 살아가야 할까?'
'평생을 사랑하려면 어떤 걸 봐야 할까?'

이런 질문에 대한 정답은 없다.

누구는 똑똑한 사람, 누구는 친절한 사람, 누구는 재밌는 사람, 누구는 능력 있는 사람, 누구는 센스 있는 사람, 누구는 잔잔한 사람, 누구는 든든한 사람, 누구는 귀여운 사람, 누구는 취미가 맞는 사람, 누구는 개인 시간을 존중해 주는 사람.

이렇게 사람마다 기준이 다르고 가치를 두는 기준이 다르기 때문이다.

다수가 말하는 조건이 누군가에게는 금방 질리는 매력이 될 수도 있고, 가장 중요하다고 생각했던 기준이 시간이 지나면서 바뀌기도 한다.

상대방이 나와 생각이 백 퍼센트 같을 수 없고, 장점이 많지만 단점도 있을 수 있고, 시간이 지나면서 맞춰지는 것도 있고 오히려 더 달라지는 것도 있을 수 있다.

당신과 다른 것 그리고 상대방이 틀렸다고 생각이 드는 것도 있겠지만, 중요한 것은 '사랑을 중심으로 당신이 이해할 수 있는가?'이다.

 이해가 된다면 더할 나위 없이 좋고, 이해까지는 못 가더라도 거슬리지 않는 선에서 그냥 두어도 괜찮은 정도만 돼도 좋다.

 위에 말한 것을 다 종합해서 가장 중요한 것을 말하자면 상대방을 떠올렸을 때 '웃음이 나오는 사람인가?'를 보면 된다.

 하나하나 따졌을 때 완벽한 사람은 없지만 나를 웃게 만들어주고, 편안함을 주는 그런 사람. 그런 사람을 만나고 있다면 좋은 사람을 만나고 있는 것이다.

잃지만 얻는 일

사랑을 하면 잃는 게 있다. 큰 책임이 따르기 때문이다. 내 사람이 싫어하는 것을 줄이게 되고 자유로운 경험의 기회를 잃을 수도 있다. 포기해야 하는 것도 있고 바쁜 상황에서도 연락을 남겨야만 할 때도 있다. 하지만 그보다 훨씬 많은 것을 얻는다. 나만 바라봐 주는 내 편이 생긴다. 언제나 기댈 수 있는 아늑하며 튼튼한 마음이 주변에 있다. 때로는 서로의 가장 친한 친구가 되어 하나부터 열까지 모든 것을 함께할 수 있게 된다. 잃는 것들은 삶에 필수적인 게 아니지만 얻는 것들은 그 어떤 것과도 바꿀 수 없는 소중함이 되어 준다. 그야말로 한 사람을 다시 살게 만들고, 새로 태어난 것처럼 느끼게 만드는 일이다.

시선

당신을 좋아하는 사람은
당신의 부족한 점을 매력으로 봐줄 거고

당신을 싫어하는 사람은
계속해서 싫어할 이유로 보게 될 겁니다.

모습 그대로 계세요.
가장 자연스럽게 행동하세요.

'스스로를 어떻게 보여줘야 하는가.'를
고민하지 마세요.

좋은 사람이면 좋은 사람들이 곧 알아본답니다.

그러니 우리가 해야 할 일은

사랑을 시작하지

않는 것이 아니라

사랑할 수 있을 때

더욱 사랑하는 것이다.

조개껍데기

행복은 조개껍데기 같은 거야.

해변가에 널려 있는 조개껍데기를 보고
누군가는 그걸 주워 소중하게 간직하지만
누구는 거들떠보지도 않지.

같은 걸 보고도 행복을 느끼는 사람이 있고,
느끼지 못하는 사람이 있는 것과 같은 거야.

너에게 나타난 모든 기쁨들에
행복이라고 이름 붙여도 괜찮아.

세상에 있는 모든 행복을 욕심내도 괜찮아.
행복에는 정해진 수가 있는 것도 아니고
따로 주인이 있는 것도 아니거든.

행복은 생각하기 나름이지.
존재하는 모든 조개껍데기들이
알아봐 주는 너에게 자주 발견되기를 바랄게.

그리고 내 조개껍데기는 너에게 줄게.

중요한 것

당신 안에 있는 마음도 중요하지만,
그 마음을 보여주는 것이 더 중요하다.

낯간지러워서,
부끄러워서,
그런 성격이 아니라서,
표현하지 않으면 상대방은 알 수 없다.

간접적으로 느낀다고 해도
당신의 마음속에 존재하는 만큼
온전하게 닿기는 어렵다.

아무리 추운 날씨라도
적당한 따뜻함을 가진 사람,
아무리 더운 날씨라도
쉼표 같은 시원함이 있는 사람.

그런 예쁜 사람에게
마음을 표현하고,
사랑을 보여주고,
그렇게 기쁨을 주자.

빛나는, 평범한

정말 예쁜 사람은
이목구비가 화려한 사람이 아니라
어떤 행동을 해도 밉지가 않은 사람이야.

우리 인생은 굉장히 평범하거나
혹은 멋지지 않은 장면이 대부분인 게 사실이잖아.
SNS에 포스팅할 만큼 빛나는 장면은 가끔 있는 거고.

그렇기에 어떤 상황에서도 밉지 않고,
평범한 장면에서도
스스로 빛을 내는 사람을 만나야 해.

그렇게 되면 화려한 장면보다
평범한 일상 속에서 소소한 기쁨을 찾고
함께 웃을 수 있을 거야.

그런 사람을 찾았다면,
그런 사람을 만났다면
절대 놓치지 말고 꼭 잡아.

쓸모

쓸모없는 것들이 더 예쁘다.

쓸모 있는 것들은 예쁘지 않아도
어차피 쓰이니까 그런가 보다.

쓸모 있고 예쁘면 더 좋은 거니까
그런 사람이 되도록 해야지.

사치

어쩌다 가끔
사치라고 생각되는 것도 하면서 살아.

누릴 수 있는 것을 누리는 것도
내 자존감을 챙기는 일이거든.

그럴 자격 충분하지.
너 열심히 사는 거 내가 다 알아.

매일 할 수 없는 일이라
더 큰 가치가 있고
그런 경험은 삶에 활기가 될 거야.

너는 좋은 사람이니까

행복하자.
너는 그럴 자격이 있어.

너는 바빠서 힘들 때도
'그래 바빠야 시간 잘 가지.'라고
생각할 줄 아는 사람이잖아.

너는 기대했던 일이 잘 안돼도
'다음에는 꼭 해내야지.'라고
생각할 줄 아는 사람이잖아.

너는 갑자기 나오라는 연락에도
너의 귀찮음보다 친구를 아끼는 마음에
한걸음에 달려가는 사람이잖아.

너는 누군가를 부러워하기보다
너만 가지고 있는 소중한 것을
먼저 돌아보는 사람이잖아.

너는 안 좋은 일은 빨리 잊어버리려고 하고,
좋은 일은 오래 기억할 줄 아는 사람이잖아.

너는 네가 받은 도움에 대해서는
작은 보답이라도 하려는
예쁜 마음을 가진 사람이잖아.

행복하자.
그래야 해.
너는 좋은 사람이니까.

가 봐

다 해내지 않아도 된다.
다 이루지 못해도 된다.

시작하기도 전에
포기하는 것만 아니면 괜찮다.

당신의 마음이 시키는 대로
이번에는 가봤으면 좋겠다.

두 가지 말

좋은 말은
잊어버리기 전에
얼른 해주고

나쁜 말은
잊어버릴 때까지
뒤로 미루자.

세 가지

우리 어디 가지 말고
여기서 행복하자.

내일에 기대지 말고
지금부터 행복하자.

남을 챙기기 전에
너와 나 우리,
우리부터 행복하자.

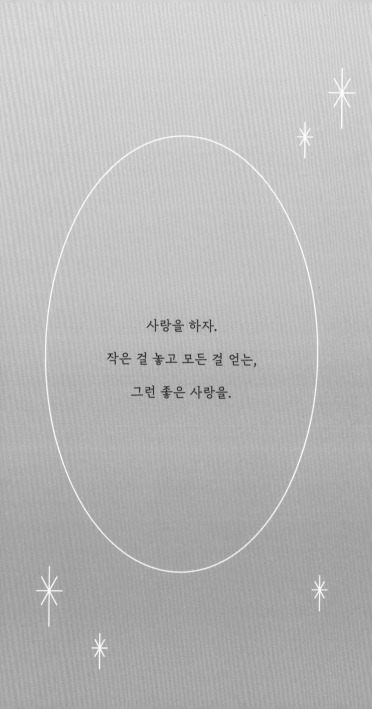

사랑을 하자.

작은 걸 놓고 모든 걸 얻는,

그런 좋은 사랑을.

Chapter

4

나

나에게 보내는 편지

Playlist

by mintday

봄비

오늘 밤은 달이 참 예뻐요

여름비

비가 오는 날에는

가을비

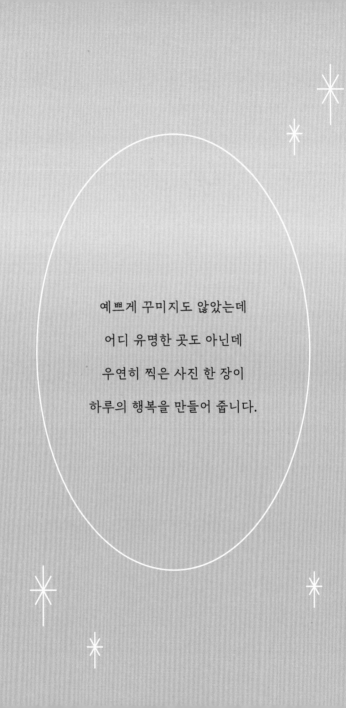

예쁘게 꾸미지도 않았는데

어디 유명한 곳도 아닌데

우연히 찍은 사진 한 장이

하루의 행복을 만들어 줍니다.

내일부터는

버릇처럼 눈물 나고
습관처럼 걱정하고

또 불안해하고
또 후회만 하고

매일 힘들었잖아.
이젠 그러지 말자.

당장 멈추기 어렵다면
내일부터 그래보자.

내일은 달라져보자.

잣대

더 참아야 해.
더 착해야 해.
더 잘해야 해.

어느 누구보다 나 자신에게
높은 잣대를 대며
부담을 주고 있지 않은지 생각해 봐.

잘했을 때는 잘했다고 해줘.
그 시간을 충분히 즐기면서
잘 해낸 마음이 자신감이 될 수 있게 도와줘.

스스로를 자주 칭찬하면

어려운 일 앞에서는 용기가 생겨나고

할 수 있는 일 앞에서는 침착함이 생겨나거든.

'잘했지만 다음번에는 더 잘하자.'

같은 마음 말고

몸과 마음이 쉬고 만족할 수 있는 시간을 주자.

사람은 칭찬을 먹고 살아.

그중 내가 나에게 해주는 칭찬이 가장 귀하대.

중심

그 어떤 것보다도 가장 중요한 건 당신이에요.

이기적으로 행동하라거나
남에게 피해를 줘도 된다는 말이 아니라

어떤 것을 선택함에 있어
당신을 중심으로 생각해야 해요.

다른 사람의 기분을 맞추려고,
사이가 안 좋아질까 봐
아니면 말 꺼내기가 어려워서 같은 이유로
내 기분을 생각하지 않는 것은
나 스스로에게 무책임한 일이에요.

이렇게 스스로가 힘든 상황이 길어지면
참는 게 습관이 돼버려요.

이런 시간이 지속되다가
그제서야 버티기 어려워서 바꿔보려고 해도
그때는 너무 늦어요.
그때는 바꾸기가 더 어려워져 있어요.

마음에 여유를 가지고 나를 많이 챙겨주세요.
금전적으로나, 심적으로나
아니면 소소한 행복도 좋아요.

여유가 있는 사람만이 스스로를 챙길 수 있어요.

상태의 중요성

피곤할 때는 말의 세세한 강도를 조절하기 어렵습니다. 내가 의도한 것은 이 정도의 강함이 아닌데, 나도 모르게 말이 세게 나가게 되고 오해를 만드는 일이 있습니다. 저도 그런 적이 있습니다.

독자분들과 떠나는 여행을 마치고 인천 공항에 돌아오니 새벽 6시였습니다. 밤새 비행을 한 날이었고, 여행에 대한 피드백과 사람의 성격, 성향에 대해 이야기를 나누고 있었습니다. 아무래도 제가 여행 주최자인지라 말을 많이 했는데, 순간 말의 강도가 조절이 안 됐다는 느낌이 들었습니다. 생각한 것 이상으로 말투가 더 강하게 사용된 느낌이었습니다. 크게 오해를 살 만한 이야기는 아니어서 다행이었지만, 몸 상태에 따라 더 조심하고, 더 생각하고 말해야겠다는 배움을 얻은 날이었습니다.

　정신적으로나 육체적으로 컨디션이 좋을 땐 '1' 단위의 조절이 가능합니다. 어떤 이야기를 딱 '3' 정도만 말하고 싶으면 그게 됩니다. 그런데 컨디션이 좋지 못할 땐 '3'을 생각했는데 나도 모르게 '5' 이상으로 말이 나가 버립니다. 기분이 이렇게 상할 일이 아닌데 감정 조절이 잘 안 되고 쉽게 풀리지가 않습니다.
　이것이 '내 상태의 중요성'입니다. 상태가 좋지 않을 때

결정하지 마세요. 상태가 좋지 않을 때 생각하지 마세요. 상태가 좋지 않을 때 논쟁하지 마세요. 그럴 때 한 선택은 좋지 못한 선택이 될 것이고, 그럴 때 한 생각은 정답과 거리가 멀 것이며, 그럴 때 한 논쟁은 관계를 무너트립니다.

매일 반복되는 일상은 습관적으로, 반자동적으로 해결해나갈 수 있습니다.

그렇지만 중요한 결정이나 고민은 최상의 상태일 때 하는 것이 후회가 남지 않을 것입니다.

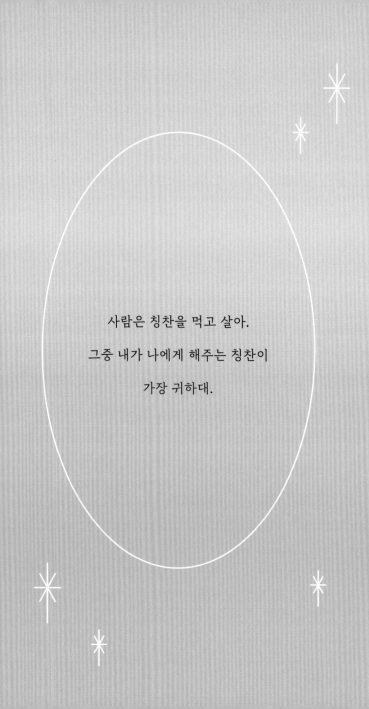

사람은 칭찬을 먹고 살아.

그중 내가 나에게 해주는 칭찬이

가장 귀하대.

어른

살다 보니 어느새 어른이 되었네.

난 아직 혼자 자는 게 무섭고,
학교 가기 싫은 만큼 회사 가기가 싫고,

아메리카노는 여전히 쓰고,
가끔은 양치하는 게 귀찮은데.

나는 진짜 어른일까?

일 때문에 늦게 잠들어도,
출근 시간 알람만큼은 잘 듣고.

조금 억울해도 표정 관리는 잘하고,
하기 싫은 일도 꾹 참고 해내고.

나밖에 몰랐던 내가
부모님 생각도 자주 하며
꽤 무거운 책임감으로 살아가고 있어.

나 어른이 맞구나.

경험이 전부다

 학창 시절과 대학 시절, 더 가서 사회 초년생까지만 해도 모든 친구들이 비슷했다. 비슷한 경험, 비슷한 생각 그리고 비슷한 삶 위에 있었다. 그러나 30대 중반에 접어들면서 각자의 방향으로 조금은 날카롭게 뻗어가는 상황이 보인다. 격차가 있다기보다 자신의 길로 가고 있다고 생각한다. 직장 생활을 하는 친구들도 본인의 가치관을 담은 생활을 이어나가고 있다.
 누구는 부의 축적을, 누구는 취미 생활을 또 다른 누구는 일을 중요시한다. 가치관이 달라서 뻗는 방향이 다른 건 좋은 일이라고 생각한다. 누구의 가치가 높고 낮다고 말할 수 없다.

정답이 없는 이 삶에서 항상 '무엇이 중요한 것일까.'라는 생각을 많이 하고 있었다. 여러 사람들을 만나 대화해보면서 나를 돌아볼 기회가 많았는데 결국 '경험'이 가장 중요하다는 마음이 남았다.

새로움이 사라지면 늙는다고 생각한다. 세상 대부분의 사람들이 평일에 일하고 주말에 쉬고 1년에 한두 번 휴가를 간다. 한국을 벗어나면 넓은 세상이 있고 몇 배로 많은 기회들이 있다.

각 시기에 맞는 경험을 많이 하는 사람이 결국 생각의

폭이 넓어지는 건 진리다. 각 시기에 맞게 어학연수나 인턴십 아니면 여행으로 넓은 세상을 보는 게 좋다는 건 정답이 맞다. 그러나 누구에게나 그런 기회가 주어지지는 않기에 꼭 멀리 나가는 경험이 아니더라도 주변에서 찾을 수 있는 새로움들을 찾아 나서야 한다. 당신이 접해보지 않은 분야의 일도 좋고 나와는 다른 삶을 산 사람들을 만나는 것도 충분한 경험이 된다.

정현종 시인의 「방문객」이라는 시에서 말한다. "사람이 온다는 건 실은 어마어마한 일이다. 그는 그의 과거와 현재와 그리고 미래가 함께 오기 때문이다. 한 사람의 일생이 오기 때문이다."라고. 그만큼 사람을 만나는 일은 값지며 큰 경험을 쌓을 수 있는 방법이다.

 경험의 차이는 사람의 차이를 만든다. 같은 회사에 다니는 사람도 일하는 시간 이외의 '자기 시간'을 어떻게 쓰느냐에 따라 내일이 바뀐다. 퇴직까지 같은 회사에서 일한다고 해도 생각과 행동 방식이 다르다. 새로운 경험은 자연스럽게 찾아오지 않는다. 그렇기에 경험의 중요성을 아는 사람들은 끊임없이 찾아나선다. 그렇지 않은 사람은 계속 그 자리에 있다. 새로움 없이 같은 자리에 있는 사람들이 많기 때문에, 경험의 중요성을 알고 스스로 새로움의 길로 들어서는 사람들은 비교적 빠르게 성장한다.

사람은 보는 만큼 느낀다. 다양한 사람들을 만나본 사람들은 자신의 분야가 아니어도 준전문가만큼 알고 대화할 지식이 있는 걸 보면 알 수 있다.

현재 상황이 편하다는 생각이 들어서 새로움을 멀리하고 있다면 다시 한번 생각해보자.

마음 뛰는 일이 최근에 있었는지. 처음 하는 거라서 실수하고 부끄러운 마음이 있었는지. 궁금함에 잠을 못 이룬 시간이 있었는지.

편하다는 건 생각이 늙고 있다는 증거다.

하면서 살자

하고 싶은 거 있으면
무조건 해도 돼.

일주일에 5일 이상을
하기 싫은 거 하고 있는데,

하고 싶은게 생기면
그런 건 하면서 살아야지.

하고 싶은 거 하라고
쉬는 날이 있는 거고,

쉬는 날엔 스스로를 최대한
행복하게 해주는 게 좋은 거고.

잘 사세요

당신이 좋지만
나를 더 아낍니다.

당신을 다시 보고 싶지만
나에게 상처 줄 수 없습니다.

잘 사세요.
저도 그러겠습니다.

나는 나

재는 재고,
너는 너야.

네가 사는 삶이 멋지고
만족할 수 있고

이번 주말에 좋아하는 사람과
식사를 할 수 있다면
그건 어떤 비교가 필요 없는
완벽한 삶이야.

남부럽지 않게 사는 게 아니라
나 부럽지 않게 살면 돼.

그걸로 충분해.

명심할 것

작은 실수에 아파하지 말고,
작은 성공에 자만하지 마라.

모두에게 사랑받으려 하지 말고,
누구에게도 미움받지 마라.

처음부터 돋보이려고 하지 말고,
마지막이라고 대충 하지 마라.

이제는

남에게는 못 할 말을
나에게 하는 경우가 있다.

스스로 자책하며
작아질 대로 작아지는 것,

한없이 어두운 곳으로
들어가려고만 하는 것,

이제는 그러지 않았으면 좋겠다.

세상에 상처받아도 되는 사람은 없고
아파도 되는 사람도 없다.

생각하면

쓰러지고 부서지고
가지고 있던 걸 모두 잃어도

'경험'이라고 생각하면
'경험'이고

'끝'이라고 생각하면
'끝'인 것이다.

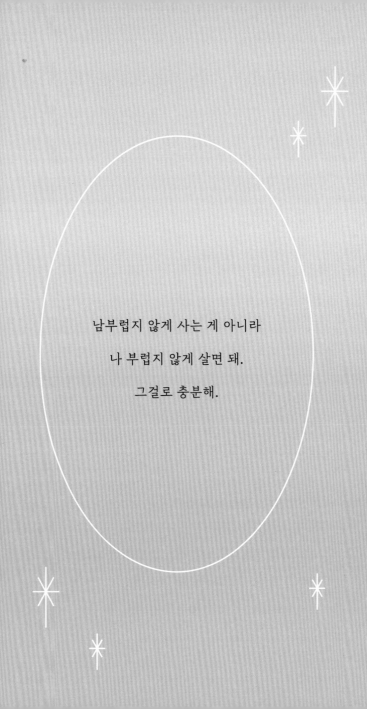

남부럽지 않게 사는 게 아니라

나 부럽지 않게 살면 돼.

그걸로 충분해.

나와 남

당신은 소중하다.

가장 먼저 당신 스스로
소중하게 대해주고 칭찬해주면
남들도 그렇게 생각해줄 것이다.

하지만 사실 남은 필요 없다.

내가 나를 진정으로 사랑하는 법을 알게 된다면
행복의 기준은 나 자신이 될 것이며,
비교하지 않는 자세를 배우게 될 거니까.

당연한 일

웃기만 해도 부족한 하루에
참아내느라, 버텨내느라 힘들었지.

언제 끝날지 모르는 어려움에도,
앞으로 나아가는 걸 방해하는 많은 것들에도
무너지지 않는 네가 너무 대단하고 기특해.

분명히 잘 될 거야.
이런 시간을 거쳐 온 사람에게
행복한 삶이 오는 건 당연하거든.

1퍼센트

어제보다 발전했다면 그걸로 됐다.

생각은 누구나 할 수 있지만
실천은 아무나 할 수 없는 일이다.

실천하는 것에 만족하지 않고
꾸준하기까지 하면 그 사람은 1퍼센트다.

스스로

잘 되고 안 되고는 정해져 있지 않다.

내가 잘 되게 만들고
내가 안 되게 만들 뿐이다.

그러니 나를 믿고 내 노력을 믿자.

원래 그렇다고 한계 짓지 말고
이번엔 안 될 것 같다고 포기하지 말고
지금부터 할 수 있는 것만 생각하며
성공과 실패를 스스로 선택하는 삶.

쉼

일반적으로 생각해보자.

배고플 때는 먹어야 하고,
졸릴 때는 자야 하고,
힘들 때는 쉬어야 해.

그런데 너 요즘
많이 힘들어 보이는데도
쉬려고 하는 게 아니라
오히려 더 해보려고

빨리 끝마치려고 체력을 무리하게 쓰는 것 같아.

지쳤을 때는 너의 모든 능력이 나오질 않아.
집중력도 체력에서 나오는 거니까.

좀 쉬어.
그래도 괜찮으니까.

'빨리' 끝내는 것보다
'잘' 마치는 게 훨씬 중요해.

때로는

완벽하지 않아도 돼.
잘하고 있어.

때로는 스스로 최고라는
자존감과 고집으로 살아갈 줄도 알아야 해.

네가 최고야.

자신이 만든 기준을
남에게 들이대는 사람들,
무시하고 살아도 돼.

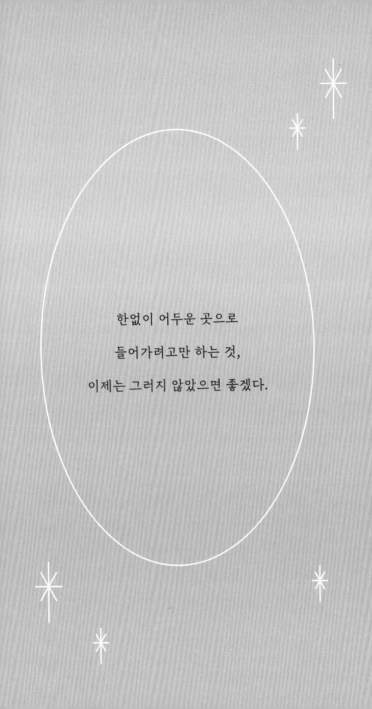

한없이 어두운 곳으로

들어가려고만 하는 것,

이제는 그러지 않았으면 좋겠다.

목표를 이루기 위해 필요한 것

1. 내 속도 유지하기

 주변 사람들과 비교하다 보면 내가 유독 느리다는 생각이 들 때가 있습니다. 그런 생각이 드는 당연한 이유가 있습니다. 나보다 느린 사람과는 비교하지 않기 때문입니다. 빨리 가는 사람과 비교하며 지금은 너무 느리다고 생각하지만 빨리 가는 사람이 무엇을 놓치고 가는지, 잘못된 길로 가다가 되돌아오지 않을지는 알지 못합니다. 사람마다 자신의 속도가 있습니다. 능력, 성향, 성격, 환경 그리고 가치관이 다르기 때문에 느리고 빠르고의 차이가 있습니다.

 중요한 것은 자신의 속도를 유지하는 것입니다. 너무 벅차지는 않나, 놓치는 것은 없나 확인할 여유가 있으며, 지루하지 않은 그런 속도가 가장 좋은 것입니다. 빠르다고 좋은 것도 아니고, 느리다고 나쁜 것도 아닙니다. '당신의 목표'에 닿기 위해서 '당신의 속도'가 가장 좋습니다.

2. 뒤돌아보지 않기

특히 장기적인 목표를 향해 갈 때 주기적으로 마음이 흔들립니다. 일이 잘 풀리지 않거나, 육체적으로 정신적으로 어려움을 겪거나 아니면 이유도 모를 불안감에 휩싸일 때 그렇습니다. 이럴 때 자꾸 뒤를 돌아보게 됩니다. '지금 이 길이 맞나?', '잘하고 있는 건가?'와 같은 생각이 듭니다. 마음의 평정심을 찾기 위해서는 출발할 때의 마음을 되살리고 자신의 선택을 믿어야 합니다. 충분한 고민을 통해 결정했던 일이기에 순간의 감정보다는 과거의 나의 선택이 더 옳을 겁니다.

돌아갈 수는 없습니다. 앞만 보고 나아가야 합니다. 혹여 방향이 바뀌더라도 지금까지 온 길 앞에 놓인 갈림길에서 정하는 게 좋습니다. 되돌아가서 선택하는 것은 지금까지의 당신의 노력이 모두 사라지니까요. 과정은 언제나 어렵지만 도착했을 때는 역시 당신의 결정이 옳았다는 것을 다시 한번 느끼게 될 겁니다.

3. 작은 성공을 만들기

지치는 이유는 끝이 보이지 않기 때문입니다. 최종 목표만을 바라보고 가다가는 체력이 금세 바닥납니다. 과정을 분할해서 작은 목표들을 만들어나가고 그것을 달성하는 일이 필요합니다. 성취는 근거 없는 걱정을 잠재

워주고 잠깐의 쉼을 줍니다. 오늘 해야 하는 일을 다 했거나, 확실한 성장이나 배움이 있다면 성취가 될 수 있습니다. 남들이 정한 기준이 아니라 당신의 기준으로 목표를 세우세요.

사람은 다 다르기에 자신이 자신을 가장 잘 알 수 있어요. 스스로 세운 목표가 가장 정확한 기준일 겁니다. 먼길을 가다 보면 휴게소에 들러야 합니다. 꼭 무언가를 해야 하는 게 아니라 잠시 들러서 몸과 마음을 새롭게 한다는 것이 주된 목적입니다. 목표에 몰두하다 보면 스스로 지쳤다는 것을 알아채지 못할 수 있습니다. 머리는 아니라고 하지만 몸은 더 달릴 상태가 아닌 것이죠. 작은 성취와 짧은 휴식이 먼 길을 가는 당신에게 좋은 쉼표가 되길 바랍니다.

주인으로

이끌려가지 말고
이끌고 가자.

못 하는 게 아니라
안 한다고 생각하자.

그렇게 당신 삶에
주인으로 살아가라.

미워하지 않기

긍정적인 마음은 어느 것보다 중요하다.
하지만 매번 결과가 좋을 수만은 없다.

주어진 시간에 최선을 다해 준비하고
잘 될 거라고 생각하는 것이 우선이다.

그렇게 원하는 결과를 받았다면
마음껏 기뻐하고 만족을 누렸으면 좋겠다.

결과가 좋지 않다고 무너질 필요가 없다.
100을 준비해도 1 때문에 실패하는 경우도 있으니까.

당신만 그런 게 아니라 누구나 그렇다.
아무리 성공한 사람도 수많은 실패를
거쳐왔다는 건 사실이며 너무 진부할 정도다.

정리하자면 어떤 상황에서도
당신의 삶을 미워하지는 말자는 거다.

잘 됐을 때만 나를 사랑하고
안 됐을 때는 나를 미워하는 건
내 삶을 사랑하는 게 아니라
결과만을 사랑하는 것이다.

그건 '나'라는 사람의 인생을 사는 게 아닌
목표의 노예가 된 삶이 된다.

아쉬운 결과에는 과정에서의 미흡함이나
더 알차게 보내지 못한 시간에 후회해도 된다.
그러나 내 삶을 미워하지는 말자.

좋은 결과를 받았을 때는
달성 여부가 우선이 되기보다
그것을 해낸 나 자신을 칭찬하고
자존감을 최대로 올려주자.

나쁜 결과에 대한 탓을
스스로에게로 돌리는 것이 습관이 되면
자신을 믿지 못하게 되고

그런 믿음이 떨어지면
충분히 할 수 있는 것도
실패하는 사람이 돼 버린다.
그건 너무 슬픈 일이다.

오늘 끝

버텨냈든
이겨냈든
견뎌냈든
즐겼든

결국 오늘의 끝에
이렇게 서 있는 당신.

참 잘했다.

남들은 다 별로라 해도

내 얼굴이

내가 좋아하는 모습으로 나와서

기쁨으로 하루가 가득 차는 것.

그게 그냥 행복입니다.

노력 없이 행복하고
걱정 없이 살아갈 것

저자 최대호   **1판 1쇄** 2023년 5월 10일

펴낸이 김두영
전무 김정열
편집 정유진
디자인 오승은   **일러스트** 배누
음원 민트데이
제작 유정근
전략기획 윤순호, 전태웅, 권지현, 정유진, 신찬, 한재현, 최준혁

펴 낸 곳 삼호ETM (http://www.samhomusic.com)
　　　　　　경기도 파주시 문발로 175
　　　　　　전략기획개발부　　전화 1577-3588　　　　　팩스 (031) 955-3599
　　　　　　콘텐츠기획개발부　전화 (031) 955-3589　　팩스 (031) 955-3598
등　　록 2009년 2월 12일 제 321-2009-00027호

ISBN　　978-89-6721-479-1